Caféola s'en va-t-en ville

À Brendan, Mary Kate, Sophie et Speargrass qui nous
ont enseigné que l'herbe n'est pas toujours plus verte
de l'autre côté de la clôture. – M.A.S. et K.S.M.

Pour Willie, qui aime me regarder peindre. – E.F.

Données de catalogage avant publication de la Bibliothèque nationale du Canada

Smith, Mary Ann

[Cappuccina goes to town. Français]
  Caféolait s'en va-t-en ville

Traduction de: Cappuccina goes to town.
ISBN 0-7791-1549-X

1. Milway, Katie Smith, 1960- 2. Fernandes, Eugenie, 1943-
3. Gagnon, Cécile, 1938- I. Title.

PS8587.M57C3614 2002   jC813'.6   C2001-902672-2
PZ23.S5993Ca 2002

Les illustrations de ce livre ont été réalisées à la gouache.
La police de caractère utilisée est Celeste.

Édition publiée par Les éditions Scholastic, 175 Hillmount Road, Markham (Ontario) L6C 1Z7, avec la
permission de Kids Can Press Ltd.

5 4 3 2 1   Imprimé à Hong-Kong   02 03 04 05

Caféolait s'en va-t-en ville

TEXTE DE
Mary Ann Smith
et Katie Smith Milway

ILLUSTRATIONS DE
Eugenie Fernandes

Texte français de Cécile Gagnon

Les éditions Scholastic

Il était une fois une vache appelée Caféolait.
Une vache blanche avec des taches noires.
Caféolait vit dans le pré du fermier Fleury. Elle aime la vie
à la campagne. Elle aime observer les gens qui passent
en se rendant à la ville. Parfois, elle pense qu'il doit être
plus amusant d'être une personne que d'être une vache.
Souvent, elle pense aussi qu'elle devrait aller faire
un tour en ville.

Malgré plusieurs tentatives, Caféolait n'arrive pas à franchir la clôture. Ni par-dessous, ni par-dessus, ni en faisant le tour.

Un jour, à la suite d'une tempête, Caféolait découvre une brèche dans la clôture. « Voilà ma chance, se dit-elle. Je vais passer par ce trou et m'en aller en ville. » Et c'est ce qu'elle fait.

Une fois arrivée en ville, Caféolait a mal à ses sabots à force de marcher sur les cailloux de la route. « La première chose à faire, pense-t-elle, c'est de m'acheter des chaussures. »

Caféolait se dirige vers le marchand de chaussures.

— Vous désirez des chaussures de quelle couleur? demande le vendeur.

Caféolait dit :

« Bleu-eu-eu-eues »

C'est sa couleur préférée.

Le marchand de chaussures sort toutes les chaussures bleues de son étalage. Il sort des chaussures bleues avec des boucles, des chaussures bleues avec des lacets et des chaussures bleues avec des rubans.

— Je suis certain qu'elles vont vous aller! dit le vendeur avec entrain à chaque paire de chaussures que Caféolait enfile.

Mais aucune chaussure ne lui va car les vaches ont des... sabots!

« Tant pis, pense Caféolait. Je devrais peut-être
me trouver un chapeau. Il fait si chaud. »

Après avoir salué le vendeur, elle s'en va à la boutique voisine.

— Quel genre de chapeau désirez-vous? demande la chapelière.

Caféolait répond :

«Bleu-eu-eu»

Aussitôt, la chapelière apporte tous les chapeaux bleus
de son étalage.

Il y a des chapeaux bleus garnis de plumes, des chapeaux bleus garnis de fruits et des chapeaux bleus garnis de fleurs.

— En penchant celui-ci comme ça, ça ira, dit la marchande en posant un chapeau après l'autre sur la tête de Caféolait.

Mais tous les essais sont inutiles. Aucun chapeau ne va à Caféolait, parce que les vaches ont des... cornes.

« Tant pis, pense Caféolait, je vais plutôt
me trouver une jolie robe. » Et d'un pas léger,
elle s'en va chez la couturière.

— Quel genre de robe désirez-vous ?
demande la couturière qui, pour la première
fois de sa vie, sert une telle cliente.

Caféolait répond :

« Bleu-eu-eue »

La couturière choisit toutes les robes bleues
de son étalage. Elle montre des robes bleues
avec des pois, des robes bleues avec des rayures
et des robes bleues avec de la dentelle.

— Avec un peu plus de bouffant, ça ira, dit
la couturière à chaque essayage. Mais à la fin,
aucune robe ne convient à Caféolait parce que
les vaches ont une... queue.

« Oh! là là, pense Caféolait. Je ne peux porter ni chaussures, ni chapeau, ni robe. »

Elle commence à se sentir découragée, et un peu fatiguée.

De l'autre côté de la place, elle repère un endroit formidable où se reposer. Le vent dans les cornes, elle file vers le salon de beauté où elle s'installe dans un grand fauteuil confortable.

Le coiffeur s'empresse vers elle.

— Tiens, tiens! Quelle couleur de cheveux désirez-vous? demande-t-il.

Caféolait réfléchit un instant et dit :

«Bleu-eu-eus»

Après tout, c'est sa couleur préférée.
Le coiffeur apporte toutes les perruques bleues qu'il a dans sa boutique. Il y a des perruques bleues frisées, des perruques bleues aux longs cheveux et des perruques bleues avec des nattes rigolotes. Mais même en tirant dessus et en les gonflant, aucune perruque ne va à Caféolait. Alors, le coiffeur a une idée.

Il trouve un large ruban bleu et le noue sur la queue de Caféolait.

— Voilà! fait le coiffeur en lui présentant le miroir.

En admirant sa queue, Caféolait murmure :

« M-e-u-h-h-h! »

Elle a toujours voulu être une personne, mais elle est vraiment parfaite telle qu'elle est.

Réjouie par cette pensée, Caféolait agite sa queue, sort de
la boutique et fait le tour de la place. « Quelle journée! »
pense-t-elle en songeant qu'elle a très faim.

Elle passe devant une pizzeria. Elle passe devant un café.
Elle passe devant un comptoir de fruits. Mais Caféolait ne
s'arrête pas. Elle sait ce qu'elle veut pour souper. Et elle sait
aussi où trouver son repas.

Puis elle passe devant le coiffeur, la couturière, la chapelière et le marchand de chaussures. Elle trotte hors de la ville tout le long du chemin qui mène au pré du fermier Fleury.

Caféolait est si contente d'être de retour
qu'elle prend un grand élan et fait une chose
qu'elle n'a jamais faite avant. Elle saute
par-dessus la clôture!

Tandis qu'elle trotte dans le pré jusqu'à sa
mangeoire, le fermier Fleury arrive avec du foin frais
et de la luzerne sucrée. C'est exactement ce que
Caféolait désirait pour son souper.

— Ah! Caféolait, dit le fermier Fleury, j'ai été
si occupé que je ne t'ai pas vue de la journée!
Il lui gratte une oreille, là où Caféolait raffole.

— Tu mènes une vie si paisible, poursuit le fermier. Tu passes tes journées dans le pré à écouter chanter les oiseaux et à humer le parfum des fleurs. Tu sais quoi? Il y a des jours où j'aimerais être une vache.

Et Caféolait répond :

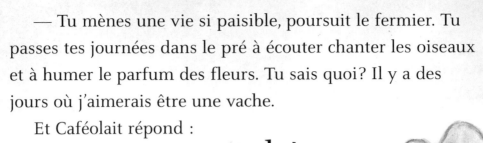

«Meu-eu-euh!»